Premios:
Oro en Moonbeam Children's Book Awards 2015.
Oro en Mom's Choice Awards 2016.
Oro en eLit Awards 2016 como libro digital y mejor página web.
Plata en Independent Publisher Book Awards 2016 como mejor página web de un libro.

Licencia editorial por cesión de Edicions Bromera, SL (www.bromera.com).

© Anya Damirón, 2015
© Ilustraciones: Pablo Pino, 2015
© Algar Editorial
   Apartado de correos 225 - 46600 Alzira
   www.algareditorial.com
Impresión: Liberdúplex

1.ª edición: septiembre, 2018
ISBN: 978-84-9142-223-5
DL: V-1590-2018

SUPERNIÑOS

ANYA DAMIRÓN Y PABLO PINO

algar

Para Kato, o mejor dicho, ¡SuperKato!,
que a través de su amor, dedicación, optimismo
y perseverancia, nos ha enseñado lo mucho
que se puede lograr si uno se lo propone

Anya Damirón

A Iván
siempre le han gustado los
superhéroes...

¡Desde pequeño se hacía capas con todo lo que encontraba!

Pero con **todo**, todo.

¡Una vez intentó volar
como Superman!

¡Otra, quiso trepar un árbol bien alto,
para ser como el Hombre Araña!

Pero
no lo pudo lograr.

¡Se pasaba el día corriendo por toda la casa para hacer volar sus capas!

**Hasta que un día, su padre llegó
con un regalo muy especial:
un traje de
«SuperIván».**

Le explicó que los **superhéroes** no solo tienen una **gran habilidad,** sino que también tienen **miedos,** inseguridades...

Ahora Iván,
o mejor dicho

«SuperIván»,

debía descubrir cuál era

¡su propia habilidad!

Una tarde,
mientras paseaba en la playa con su madre,
Iván encontró a un niño genial
que podía hacer algo **increíble...**

¡Él podía dibujar sin utilizar sus manos! Agarraba pinceles con los dedos de los pies y, desde su silla, lograba crear dibujos hermosos.

¡Iván llegó a la casa impresionado!
Buscó pinceles, pintura, papel,
e inmediatamente trató de hacer lo mismo.

¡Y fue así como descubrió
que aquel no era un niño cualquiera!

Era un **superniño**,
que sabía con claridad cuál era su habilidad.
Pero, **¿idónde estaba su traje de superhéroe!?**,
se preguntaba...

Al contárselo a su papá,
este tuvo la gran idea de llevarlo a conocer
a otros superniños,
de los cuales podría aprender sobre
valentía, coraje, miedos y fuerza...

Y con la ayuda de su mamá,
hicieron capas con retazos de tela para llevar.

¡Iván estaba feliz!
Conoció a una superniña
que sabía leer sin ver,
usando sus dedos.

A un grupo de superniños
que podían jugar al baloncesto
sin mover sus piernas.

Encontró a una superniña capaz
de hablar con las manos.

Y a un superniño
que podía vestirse sin ayuda,
¡con un solo brazo!

También conoció a un superniño
que, a pesar de tener un poco de dificultad
para comunicarse con los demás,
con solo 4 años, sabía tocar el piano
como nadie más.

Y a una superniña muy cariñosa
que era la más sociable
y siempre estaba sonriendo.

Esa noche, al llegar a casa,
Iván trató de caminar con los ojos cerrados,

intentó cambiarse la ropa
usando solo un brazo...
¡pero tropezó con todo
y se enredó
con su propio pantalón!

En familia conversaron sobre
la importancia de la perseverancia,
y su mamá le hizo saber que él también era un
superniño
porque tenía la capacidad de
encontrar siempre lo mejor en los demás
y eso lo convertía en alguien muy especial.

Iván estaba contento de haber conocido
a esos niños, que para él
no eran simplemente diferentes...
Eran definitivamente
¡superniños!

Niños increíbles
con habilidades impresionantes
que, al tener una discapacidad,
se esfuerzan más por desarrollarse
y ser capaces de hacer cosas
¡grandiosas!

Seamos como Iván.
Abramos nuestro corazón a todo tipo de personas...
Sobre todo a aquellas diferentes a nosotros.
Busquemos siempre lo mejor en los demás,
respetando nuestras diferencias
y aprendiendo de ellas.